Comentarios de ⬛W9-BPM-363®
acerca de *La casa del árbol*®

"¡Oh, cielos... esta colección es
realmente emocionante!".
—Christina

"Me encanta la serie La casa del árbol.
Me quedo leyendo toda la noche. ¡Incluso
en época de clases!".
—Peter

"Annie y Jack han abierto una puerta al
conocimiento para todos mis alumnos.
Sé que esa puerta seguirá abierta durante
todas sus vidas".
—Deborah H.

"Como bibliotecaria, siempre veo a muchos jóvenes
lectores preguntar felices por el siguiente libro de
la serie La casa del árbol".
—Lynne H.

LA CASA DEL ÁRBOL® #37
MISIÓN MERLÍN

El dragón del amanecer, rojo

Mary Pope Osborne

Ilustrado por Sal Murdocca

Traducido por Marcela Brovelli

PUBLICATIONS, INC.

Para Griffin Loehr van Rhyn,
un buen amigo de Annie y de Jack

Grateful acknowledgment is made to Doubleday, a division of Penguin Random House LLC, for permission to reprint the translation of Basho's haiku of From the Country of Eight Islands by Hiroaki Sato and Burton Watson, copyright©1981 by Hiroaki Sato and Burton Watson.

Spanish translation©2018 by Lectorum Publications, Inc.
Originally published in English under the title
DRAGON OF THE RED DAWN
Text copyright©2007 by Mary Pope Osborne
Illustrations copyright ©2007 by Sal Murdocca
This translation published by arrangement with Random House Children's Books, a division of Random House, Inc.

MAGIC TREE HOUSE®
is a registered trademark of Mary Pope Osborne, used under license.

For information regarding permission, contact
Lectorum Publications, Inc., 205 Chubb Avenue, Lyndhurst, NJ 07071.

Library of Congress Cataloging-in-Publication data
Names: Osborne, Mary Pope, author. | Murdocca, Sal, illustrator. | Brovelli, Marcela, translator.
Title: El dragón del amanecer rojo / Mary Pope Osborne ; ilustrado por Sal Murdocca ; traducido por Marcela Brovelli.
Other titles: Dragon of the red dawn. Spanish.
Description: Lyndhurst, NJ : Lectorum Publications, Inc., [2018] | Scries: Casa del arbol ; #37 | "Mision Merlin." | Originally published in English: New York : Random House, 2007 under the title, Dragon of the red dawn. | Summary: When Merlin is weighed down by sorrows, Jack and Annie travel back to feudal Japan to learn one of the four secrets of happiness.
Identifiers: LCCN 2018003885 | ISBN 9781632456809
Subjects: | CYAC: Time travel--Fiction. | Magic--Fiction. | Happiness--Fiction. | Brothers and sisters--Fiction. | Japan--History--Tokugawa period, 1600-1868--Fiction. | Spanish language materials.
Classification: LCC PZ73 .O74722 2018 | DDC [Fic]--dc23 LC record available at https://lccn.loc.gov/2018003885

....
ISBN 978-1-63245-680-9
Printed in the U.S.A
10 9 8 7 6 5 4 3 2 1

ÍNDICE

Queridos lectores:

Hace muchos años que admiro el arte y la literatura del Japón. Colecciono libros de poesía japoneses y, también, publicaciones de libros antiguos que muestran la vida cotidiana de la gente. El arte y la poesía de este país han sido mi fuente de inspiración para escribir este libro, ya que mi deseo era experimentar las escenas que artistas y poetas habían creado; viajar en un barco pesquero, tomar té en una casa de té verdadera y ver los pétalos de los cerezos flotando sobre el río. Cada vez que escribo un libro, siento que me transporto a otra época y a otro lugar. En esta aventura de La casa del árbol, en particular, no podía esperar a llegar a mi mesa de trabajo para viajar al mundo de mis sueños.

Mary Pope Osborne

Ahora voy a soñar,

me arrulla la caricia de la lluvia

y la canción de las ranas.

—poema del Japón antiguo,
   traducido por Lafcadio Hearn

Prólogo

Un día de verano, en el bosque de Frog Creek apareció una misteriosa casa en la copa de un árbol. Muy pronto, los hermanos Annie y Jack se dieron cuenta de que la pequeña casa era mágica. En ella podían ir a cualquier lugar y época de la historia, ya que la casa pertenecía a Morgana le Fay, una bibliotecaria mágica del legendario reino de Camelot.

Luego de muchas travesías encomendadas por Morgana, Annie y Jack vuelven a viajar en la casa del árbol en las "Misiones Merlín", enviados por dicho mago. Con la ayuda de dos jóvenes hechiceros, Teddy y Kathleen, Annie y Jack visitan cuatro lugares *míticos* en busca de objetos muy valiosos para salvar el reino de Camelot.

En sus cuatro siguientes Misiones Merlín, Annie y Jack viajan a sitios y períodos reales de la historia: Venecia, Bagdad, París y la ciudad de Nueva York. Tras demostrarle al Mago que ellos son capaces de hacer magia sabiamente, Merlín los premia con la poderosa Vara Mágica de Dianthus, como ayuda extra para que hagan su *propia* magia.

Ahora, Annie y Jack, nuevamente esperan ansiosos al Mago Merlín...

CAPÍTULO UNO

Por el bien de Merlín

Tac, tac, tac.

Jack estaba soñando que un pájaro blanco picoteaba su ventana. *Tac... tac.* Luego, aparecía un pájaro rojo y también se ponía a picotear.

—¡Jack, despierta! —dijo Annie.

Él abrió los ojos.

—Ya están aquí —agregó Annie.

—¿Quiénes? ¿Los pájaros? —preguntó Jack.

—¡No! ¡Teddy y Kathleen! —Annie corrió a la ventana y saludó con la mano—. Están tirando piedras a las ventanas.

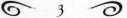

—¡Teddy y Kathleen! —Jack saltó de la cama y corrió a la ventana.

Los jóvenes hechiceros de Camelot estaban en el jardín de la casa de Annie y Jack. Vestidos con dos largas túnicas oscuras saludaban sonrientes a sus amigos.

—Debe de haberlos enviado Merlín —comentó Jack.

Teddy les hizo señas para que bajaran, señalando el bosque de Frog Creek.

Entusiasmada, Annie asintió con la cabeza.

—¡Quieren que los sigamos a la casa del árbol, Jack! ¡Anda, vístete rápido antes de que papá y mamá despierten!

Annie llegó a la puerta y se dio vuelta:

—¡Ah, y no olvides traer la Vara de Dianthus!

Jack se vistió en un segundo, agarró la mochila y miró dentro en busca de la vara mágica. Estaba ahí. A toda prisa, se colgó la mochila y bajó por la escalera, silencioso como un gato.

Annie estaba parada en el porche.

—¡Vamos! —dijo.

Como dos rayos, atravesaron el patio y la acera.

—Me pregunto por qué habrán venido —dijo Annie.

—Yo me pregunto dónde iremos esta vez —agregó Jack.

—¡Y yo me pregunto por *todo!* —insistió Annie.

Ambos cruzaron la calle y rápidamente se internaron en el bosque de Frog Creek. Corrían los primeros días de marzo y los árboles estaban grises y aún sin hojas, agotados tras el invierno.

—Mira... —dijo Annie sin aliento—. ¡Están esperándonos!

Jack miró hacia arriba. Teddy y Kathleen saludaban desde la ventana de la casa mágica.

Jack se agarró de la escalera colgante y empezó a subir. Annie lo siguió. Al entrar en la pequeña casa de madera, ambos abrazaron a Teddy y a Kathleen.

—¡Estamos tan contentos de verlos! —gimoteó Annie.

—Nosotros también estamos felices de verlos —dijo Kathleen. A la niña de los ojos azul marino le brillaba la mirada.

—Cierto, ha pasado mucho tiempo —agregó Teddy.

—¿Cuál es nuestra misión esta vez? —preguntó Jack—. ¿Adónde nos enviará Merlín?

Con disimulo, Teddy miró a Kathleen.

—Me temo que ni siquiera sabe que estamos aquí —agregó Teddy—. No vinimos por pedido de él, sino por su bien.

—¡Qué extraño! ¿Y eso qué significa? —preguntó Jack.

—Merlín no está bien —comentó Kathleen—. Dice que está más viejo y débil, y que la vida está llena de tristezas. No come ni duerme.

—¡Ay, no! —exclamó Annie.

—Todo Camelot quiere ayudarlo —comentó Teddy—, pero nadie sabe cómo.

—¿Qué *podemos* hacer? —preguntó Jack.

Teddy agarró un libro que estaba en un rincón de la casa del árbol.

—Desde siempre, la gente ha vivido buscando los secretos de la felicidad —explicó—. Morgana quiere que encuentren cuatro de esos secretos y los compartan con Merlín. Ella cree que el primero podría estar *aquí*.

Jack agarró el libro y leyó el título en voz alta.

—¡Ya hemos estado en Japón! —exclamó Annie.

—Antes de conocerlos a ustedes —dijo Jack mirando a Teddy y a Kathleen—, tuvimos una aventura en la que había ninjas.

—Sí, Morgana nos lo dijo —comentó Teddy—, pero fueron al campo. Esta vez tendrán que ir a la capital.

—¿Vendrán con nosotros? —preguntó Annie.

—En realidad, no —dijo Kathleen—. Volveremos a Camelot para ayudar a Morgana. Desde

que Merlín se enfermó, ella hace casi todo el trabajo de él.

—¿Tienen la vara, verdad? —preguntó Teddy.

—Sí —contestó Jack. Abrió la mochila y sacó la Vara Mágica de Dianthus. Tenía forma de espiral como el cuerno de un unicornio.

—Con esta vara podrán hacer magia sin ayuda de nadie —comentó Teddy.

—Eso dijo Merlín cuando nos la entregó —agregó Annie.

—Pero no nos explicó *cómo* hacerlo —dijo Jack.

—Es muy simple —comentó Teddy—. La vara tiene tres reglas. La primera es que sólo funciona por y para el bien de los demás. Jamás deberá usarse para beneficio propio.

—Segunda: sólo funcionará una vez que lo hayan intentado todo antes de usarla —explicó Kathleen—. Nunca traten de utilizarla demasiado rápido.

—Y tercera: la vara sólo funciona con una orden de cinco palabras —agregó Teddy—. Así que deberán ser muy cuidadosos al elegir esas palabras.

—¿Podemos repasar eso, por favor? —pidió Jack.

—No te preocupes, ya lo entendí —dijo Annie—. Tenemos que irnos. Debemos ayudar a Merlín lo antes posible.

—Nosotros iremos a Japón en la casa del árbol pero, ¿ustedes, cómo volverán a Camelot? —preguntó Jack, mirando a Teddy y a Kathleen.

Ambos alzaron una mano, en la que tenían un anillo azul brillante.

—Nuestros anillos mágicos nos llevarán de regreso a casa —contestó Kathleen.

—Y este libro de la biblioteca de Camelot los llevará de regreso a Frog Creek, cuando hayan terminado su misión —agregó Teddy, agarrando otro libro de un rincón. Era el libro de Pensilvania, el que Annie y Jack habían usado en las primeras aventuras en la casa del árbol.

—Gracias —dijo Jack.

—Adiós —agregó Annie—. Cuiden bien a Merlín.

—Lo intentaremos —respondió Kathleen. Ella y Teddy se llevaron los anillos mágicos a los labios. Susurraron palabras que ni Annie ni Jack pudieron oír y soplaron los anillos. Los jóvenes hechiceros empezaron a desvanecerse en el aire fresco de la mañana hasta que desaparecieron completamente.

El silencio invadió la casa del árbol.

Annie miró a su hermano.

—¿Estás listo? —le preguntó.

Jack asintió con la cabeza. Y, señalando el libro de Japón, dijo:

—¡Deseamos ir allí!

La casa del árbol empezó a girar.

Más y más rápido cada vez.

Después, todo quedó en silencio.

Un silencio absoluto.

CAPÍTULO DOS

El Jardín Imperial

Jack abrió los ojos. La luz tenue de la mañana iluminaba ramas cubiertas de flores rosadas.

Annie y Jack tenían puestos pantalones marrones holgados y batas del mismo color, atadas con una faja azul. En los pies, tenían calcetines blancos almidonados y sandalias de paja. La mochila de Jack se había convertido en una bolsa de arpillera.

—¿Son batas de baño? —preguntó Jack.

—Creo que se llaman kimonos —dijo Annie.

—¿Dónde habremos aterrizado, exactamente? —preguntó Jack.

Ambos se asomaron a la ventana.

Debajo de la casa del árbol había un bello jardín, lleno de cerezos en flor y sauces de largas hojas. Y una cascada que caía sobre un estanque verde brillante.

—¡Caramba! —exclamó Annie.

Jack abrió el libro de Japón y vio un dibujo muy parecido al jardín. Leyó en voz alta:

En el siglo XVII, el Palacio Imperial, rodeado por el Jardín Imperial, estaba ubicado en la capital de Japón, en la ciudad de Edo. A mediados del siglo XIX, ésta pasó a llamarse Tokio.

—¿*Tokio*? —preguntó Annie—. ¡Siempre quise ir a Tokio!

—Yo también —agregó Jack. Y siguió leyendo:

A fines del siglo XVII, en Japón reinaba la paz y la prosperidad. El arte y la cultura estaban en su esplendor. Pero en esa época el país se encontraba cerrado al mundo exterior.

Nadie podía entrar. A los ciudadanos de
Edo, a menudo, se les obligaba a mostrar
sus pasaportes.

—¿Qué es un pasaporte, exactamente? —preguntó Annie.

—Es una libreta oficial que dice quién eres y
que lleva el nombre de los países que uno ha visi-
tado —explicó Jack, y siguió leyendo:

Todas las personas sin pasaporte se con-
sideraban espías y eran castigadas con
severidad.

—Ay, no —exclamó Annie—. Nosotros no
tenemos pasaportes.

—No. ¿Qué haremos? —preguntó Jack.

—¿Y si usamos la Vara de Dianthus para
hacerlos? —propuso Annie.

—¡Buena idea! —dijo Jack y miró dentro de la
bolsa. Bien, la vara mágica estaba ahí.

—¡Espera! —agregó Annie—. ¿Recuerdas las
reglas? Sólo podemos usar la vara por el bien de
los demás.

—Ah, tienes razón —dijo Jack.

—Y debemos hacer todo lo que esté a nuestro alcance antes de usarla —agregó Annie.

—Pero, todavía no hemos intentado nada —comentó Jack.

—Tendríamos que empezar a buscar ya uno de los secretos de la felicidad y rogar que nadie nos atrape —dijo Annie.

—Shhh —exclamó Jack—. ¿Oyes algo?

A lo lejos se oyó el sonido de una campana que fue en aumento. Después, se sumó el ruido de caballos acercándose. Annie y Jack se agacharon y levantaron apenas la cabeza para espiar desde la ventana. A través de las ramas floridas vieron una pequeña procesión dirigiéndose al jardín.

El hombre que iba delante tocaba la campana. Detrás de él, dos hombres llevaban estandartes. Y más atrás, iban cuatro hombres a caballo. Todos llevaban puestos pantalones y camisas muy holgados. Tenían casi toda la cabeza afeitada y llevaban anudado un mechón de cabello negro. Cada uno tenía dos espadas colgando de sus cinturones.

Al final de la procesión, iba un hombre a caballo vestido con una toga ondulada color violeta y un pequeño sombrero del mismo tono. Del freno del enorme caballo negro colgaban borlas de color rojo.

Jack abrió el libro para investigar y vio un dibujo muy parecido al hombre del caballo negro. Leyó lo que decía:

En el siglo XVII, el soberano militar, conocido como shogun, vivía en un palacio con cientos de habitaciones, ubicado en el centro del Jardín Imperial.

—El último hombre es un *shogun* —susurró Jack—. Vive en un palacio enorme en el jardín.

Y continuó leyendo:

A menudo, los guerreros del shogun, conocidos como samuráis, viajaban con él.

—¡Ah, mira! —susurró Jack—. ¡Los otros son los samuráis!

En su viaje anterior a Japón, Annie y Jack casi son atrapados por un samurái con armadura.

Los samuráis eran excelentes jinetes, entrenados en el arte de la lucha. Tenían códigos muy estrictos, nunca mostraban sus sentimientos y tenían mucho poder de concentración.

—Se fueron —dijo Annie.

Jack miró por la ventana. El shogun y los samuráis habían desaparecido por un camino polvoriento, sombreado por árboles.

—Tenemos que salir del Jardín Imperial —sugirió Jack—. Si nos quedamos, corremos el riesgo de que nos atrapen.

—¿Pero cómo podremos salir de aquí, Jack? —preguntó Annie.

Jack consultó el libro de Japón y encontró un mapa de Edo.

—Mira —dijo señalando el mapa—. Por este puente, que queda en el lado este, se sale del Jardín Imperial y se llega a la ciudad.

—El sol está allí —comentó Annie entrecerrando los ojos—. Así que el este es por ahí. Bajemos y caminemos en esa dirección.

—Buen plan, así iremos en sentido contrario a los samuráis —dijo Jack.

—Correcto —contestó Annie y bajó por la escalera colgante.

—Ten cuidado —agregó Jack—, no queremos que alguien nos vea rondando por el Jardín Imperial.

Jack guardó el libro de Japón en la bolsa de arpillera y se la colgó del hombro. En la escalera, casi se pisa el kimono.

—Ay, no —exclamó.

Se levantó el kimono y bajó con cuidado.

Jack se unió a su hermana en un sendero ancho. De pronto, una ráfaga de viento seco arrastró por el aire pétalos de las flores de los cerezos. Las largas ramas de los sauces se balanceaban sobre el pasto.

Annie y Jack se encaminaron hacia el este, con ojos y oídos atentos por si aparecía gente. Avanzaron por entre canteros de flores y rocas enormes. Bordearon un estanque con cisnes y descendieron por un sendero angosto, bajo cerezos en flor.

Justo al final del sendero, Annie y Jack vieron a cuatro hombres que venían hacia ellos. Uno de los hombres era más bajo y mayor que los demás. Llevaba puesto un sombrero de paja, una chaqueta marrón andrajosa y usaba bastón. Los otros tres hombres, de cabeza casi rapada, tenían un mechón de cabello negro anudado en la parte de arriba. Cada uno llevaba dos espadas colgadas del cinturón.

—¡Samuráis! —susurró Jack.

—¡Cielos! —exclamó Annie.

—¡Corre! —dijo Jack.

Annie y él se dieron vuelta y huyeron hacia el sendero angosto.

Jack notó que los hombres corrían detrás de ellos.

—¡Alto! —gritó un samurái.

Jack agarró a Annie de la mano y frenaron de golpe. Sin aliento, se dieron vuelta para enfrentar a los tres samuráis que los perseguían.

—¿Quiénes son? —rugió uno de los samuráis, con la espada en alto—. ¿Por qué huyen? ¿Son espías?

Justo cuando Jack iba a responder, oyó una voz que gritaba:

—¡Baku! ¡Koto!

El hombre de bastón y sombrero de paja se acercaba a ellos.

—¡Baku! ¡Koto! ¿Qué hacen aquí? —dijo dirigiéndose a Annie y a Jack—. ¿Por qué no me esperaron en el puente?

CAPÍTULO TRES

Basho

Los tres samuráis se acercaron al hombre del bastón.

—¿Usted los conoce, Maestro? —preguntó uno.

—Sí, por supuesto —respondió el hombre—. Ellos son Baku y Koto, mis mejores alumnos.

—¡Hola, Maestro! —dijo Annie, simulando conocer al hombre—. No pudimos encontrar el puente, así que… eh… no…

—Vinimos a buscarlo —agregó Jack.

—Bueno, me han encontrado —comentó el hombre—. Lamento que mis amigos los hayan asustado.

El samurái bajó su espada.

—Perdón —dijo, inclinándose ante Annie y Jack.

—Claro, no hay problema —agregó Annie.

El samurái, muy serio, se dirigió al pequeño hombre.

—Ahora, lo dejaremos con sus alumnos —dijo—. Gracias, Honorable Maestro, por su visita de hoy.

Los tres guerreros se inclinaron ante el hombre y se alejaron.

"¿Por qué el samurái le dijo Honorable Maestro al hombre pequeño?", se preguntó Jack.

Cuando los samuráis ya se habían marchado, el hombre miró a Annie y a Jack. Los ojos le brillaban.

—Creo que ahora están a salvo —dijo.

—Gracias —agregó Annie—. Pero nosotros no somos Baku y Koto.

—No, no lo son —respondió el hombre—. Pero tampoco son espías, ¿o sí?

—No —contestó Jack.

—Eso pensé —agregó el hombre—. Por eso pensé que necesitarían mi ayuda.

—Muchas gracias —dijo Jack.

—De nada —respondió el hombre—.Tal vez ahora me quieran decir quiénes son en verdad y cómo hicieron para entrar en el Jardín Imperial.

—Somos Annie y Jack —contestó Jack—. Y nosotros...

No sabía cómo explicar todo; la visita de Teddy y Kathleen, la tristeza de Merlín y el libro de Morgana.

—Vinimos en busca de uno de los secretos de la felicidad —explicó Annie.

El hombre sonrió.

—Creo que eso es algo que todos buscamos —dijo—. Pero tendrán que ser cuidadosos, Annie y Jack. El shogun no permite extranjeros en nuestro país. Si no tienen pasaporte, podrían atraparlos y castigarlos.

—Lo sabemos —agregó Annie—. ¿Qué podemos hacer?

—Hoy tendrían que viajar conmigo como mis alumnos, Baku y Koto —sugirió el hombre.

—¡Buena idea! —dijo Jack.

—No lo olviden, busquen armonía en todo lo que los rodee —aconsejó el hombre—. Observen a la gente de Edo y hagan lo mismo que hacen ellos. Así, pasarán desapercibidos y los samuráis no notarán nada extraño.

—Entendido —exclamó Annie.

"Busquen armonía en todo lo que los rodee. Observen a la gente de Edo y hagan lo mismo que hacen ellos", repetía Jack, para sí.

—Vengan —dijo el hombre. Y empezó a caminar por el jardín, seguido por Annie y Jack.

—Discúlpeme, pero ¿cuál es su nombre? —preguntó Annie.

—Mis amigos me llaman Basho —respondió el hombre.

—¿Basho? ¡Qué bonito nombre! —agregó Annie.

—Los samuráis lo llamaron Honorable Maestro, ¿por qué? —preguntó Jack.

Basho sonrió.

—Hoy les enseñé a escuchar el sonido de un grillo en una pila de leña y a pensar como una rana.

—Genial —dijo Jack.

"Esas deben de ser habilidades de los guerreros —pensó—, una forma especial para oír al enemigo o para poder saltar con una espada". Jack recordó que los ninjas utilizaban los secretos de la naturaleza para combatir a sus enemigos.

Basho atravesó la puerta de madera de un enorme muro, junto con Annie y Jack, y cruzaron por un ancho puente de piedra, por encima de un foso. Cuando llegaron al otro lado del puente, siguieron por un sendero angosto hacia un pequeño muelle.

Tres pescadores estaban subiendo unos canastos de mimbre a un bote largo, poco profundo. Cada canasto estaba lleno de pescados, pequeños y brillantes.

Basho caminó hacia los pescadores.

—Buenos días —dijo.

—Buenos días, Maestro Basho —contestaron los pescadores, haciendo una reverencia.

"Parece que todos conocen a Basho", pensó Jack.

—¿Pueden llevarme a mí y a mis alumnos en su bote? —preguntó el maestro.

—¡Oh, sí, por supuesto, Maestro Basho! —respondió uno de los hombres—. ¡Será un honor llevarlo en nuestro humilde bote!

—Muchas gracias —contestó el maestro.

Annie y Jack subieron al bote detrás de Basho y se sentaron junto a los canastos de mimbre.

Uno de los pescadores desató el bote y los otros, haciendo presión con palos de madera contra el muelle, alejaron a la pequeña embarcación y la impulsaron río abajo.

El bote pesquero pasó por debajo de varios puentes, avanzando entre sombras y luces refulgentes. Al pasar bajo uno de los puentes, el bote tocó el fondo del río. Basho, Annie y Jack cayeron hacia adelante.

—¡Discúlpenos, Maestro! —dijo uno de los pescadores—. El río está muy bajo.

—Hace mucho que no llueve, estamos muy preocupados —comentó otro pescador.

—¿Pero qué es lo que sucede? —preguntó Annie.

—Cuando el clima está muy seco, la gente de Edo le teme a los incendios —explicó Basho—. Hace veinticinco años, durante la época de sequía, la mitad de nuestra ciudad fue destruida por el fuego. Murieron miles de personas.

—¡Ay, qué horror! —exclamó Annie.

—Sí, desde entonces, todos han trabajado mucho para reconstruir la ciudad —agregó Basho—. Hoy, Edo es más hermosa que antes. En realidad, sobre esta ribera hay muchos castillos nuevos de los samuráis. Allí hay uno.

Basho señaló un peñasco sobre la ribera. Jack, cubriéndose del sol, observó el techo curvo y los altos muros del castillo de uno de los samuráis.

—La habitación más grande se llama Salón de las Mil Alfombras —explicó Basho.

—¿Y eso qué significa? —preguntó Jack.

—Que en la habitación caben mil alfombras —respondió el Maestro.

—Genial —exclamó Annie—. Basho, ¿tú dónde vives? —preguntó ella.

—Mi castillo está del otro lado del Gran Puente —contestó él, sonriendo.

Jack se preguntó cuántas alfombras cabrían en el castillo de Basho.

Pasando los peñascos rocosos, el tráfico del río se tornó denso. Había muchos más botes navegando por el ancho río.

El barco pesquero se acercó a un muelle, próximo a un mercado. Allí, miles de pescados estaban expuestos sobre mesas enormes. Hombres y mujeres vendían pescado y otras criaturas marinas que llevaban en canastos colgados de los hombros.

—¡Camarones! ¡Atún! ¡Pulpo! ¡Anguilas! —gritaban los vendedores.

—Esperen a que entreguemos el pescado —les dijo Basho a Annie y a Jack—. Luego, seguiremos el viaje por el río.

Los pescadores ataron el bote. Annie y Jack se quedaron esperando mientras Basho ayudaba a bajar los canastos de mimbre. Después, cada uno se puso un canasto sobre la cabeza y subió por el camino de piedra que los llevaba al mercado de pescado.

—¡Mira, Jack! —exclamó Annie señalando el otro lado del muelle.

Jack alzó la vista y vio a varios samuráis bajando de un bote.

—¡Agarra un canasto! —le dijo a su hermana.

Los dos agarraron un canasto cada uno. Cuando Jack trató de ponerse el canasto sobre la cabeza, se le tambaleó y un par de pescados le golpearon la nariz y cayeron sobre el muelle.

—¡Déjalos! ¡Apúrate! —dijo Annie.

Con los canastos sobre la cabeza, los dos siguieron a Basho y a los pescadores hacia el mercado.

Allí, le entregaron la carga a una mujer joven de una de las mesas. Jack echó un vistazo hacia el río. Los samuráis estaban parados en la ribera, revisando pasaportes.

Jack miró a Basho. El maestro también observaba a los samuráis.

—Gracias por traernos en su bote —dijo Basho, saludando serenamente a los pescadores—. Seguiremos a pie.

Ellos asintieron con la cabeza y sonrieron.

"Buen plan", pensó Jack aliviado.

—Vámonos —propuso el maestro y salieron del mercado. Enseguida, llegaron a una calle llena de gente a pie y a caballo.

Mientras caminaban entre la multitud, Jack recordó las palabras de Basho: "Busquen la armonía en todo lo que los rodee". Jack trató de mezclarse entre la gente, aminorando la marcha. Mirando hacia abajo, pensó en la misión por cumplir: "¿Cómo encontraremos el secreto de la felicidad, si tenemos que pasarnos todo el tiempo huyendo de los samuráis?".

—¡Mira eso! —dijo Annie.

Jack alzó la mirada y vio un altísimo puente con forma de arco que atravesaba el río. Sobre él, circulaban cientos de personas.

—¡Ése es el Gran Puente! —comentó Basho—. Al cruzarlo, saldremos del corazón de Edo hacia la ribera del río Sumida, donde vivo yo.

—Excelente —dijo Jack con la esperanza de estar a salvo, lejos del centro de Edo. Así, él y su hermana podrían concentrarse en su búsqueda del secreto.

Annie, Jack y Basho cruzaron por el puente en medio de la multitud, en fila india junto al barandal de madera. Jack caminaba con la vista hacia adelante, para no mirar a nadie a los ojos. Del otro lado del puente podía ver gente haciendo pícnic y niños remontando cometas rojas.

—¿Y esa montaña? —preguntó Annie, señalando un pico nevado que se veía a lo lejos. El cono blanco de la montaña gris se alzaba por encima de nubes mullidas de color rosado.

—Es una montaña volcánica, se llama Monte Fuji —explicó Basho.

—¡Ah, yo oí hablar del Monte Fuji! —agregó Jack—. Es el más alto de Japón, ¿no?

—Sí, y el más bello —comentó Basho.

—Es *bellísimo* —exclamó Annie.

Jack miró a su alrededor y sintió que todo era bello: los parasoles verdes y amarillos de los pasajeros de los botes, las flores rosas de los cerezos de la orilla del río, las cometas rojas y las gaviotas blancas surcando el cielo.

—Me encanta Japón —dijo bajito.

—A mí también —agregó Basho—. Lo llamamos "mundo flotante", porque todo parece flotar en una belleza infinita.

—Es verdad —susurró Jack, caminando por el Gran Puente. De pronto, sintió que él mismo estaba suspendido en ese mundo flotante.

CAPÍTULO CUATRO

Sushi y Sumo

Annie y Jack descendieron del Gran Puente siguiendo a Basho. Bajando por un camino muy concurrido lleno de pilas enormes de madera, llegaron a la ribera, junto a la cual había una fila de escenarios. En el primero, bailaban mujeres vestidas con kimonos brillantes. Tenían la cara pintada de blanco y en la mano llevaban abanicos que agitaban suavemente.

En el segundo escenario, varios músicos tocaban instrumentos de tres cuerdas y flautas de bambú. El sonido era agudo y extraño, pero a Jack le gustaba.

En el escenario contiguo, había un espectáculo de marionetas. Hombres vestidos de negro daban vida a un enorme dragón danzante. A un costado, otro hombre iba contándole la historia al público. Sin embargo, detrás del gentío, era difícil escucharlo.

—¿Qué dice? —preguntó Annie.

—Es la leyenda del Dragón Nube. Entre los animales, él es el guardián de los cuatro puntos cardinales —explicó Basho—. Tiene el poder de volar y de comandar a las nubes de la lluvia.

—¡Genial! —exclamó Annie.

Basho siguió adelante, llevando a Jack y a Annie por una feria de artesanos donde se vendían collares, telas, cometas y faroles de papel. Algunos niños llevaban en alto yoyos, para vender. "¿Yoyos? ¿En el Japón antiguo?", pensó Jack.

Dejando atrás los puestos de artesanías, posadas y cafés llenaban el aire con aroma a especias y pescado asado.

—¡Qué bien huele! —exclamó Annie.

Jack también tenía hambre.

—¿Les gustaría parar en una casa de té? —preguntó Basho.

—¡Sí! —contestaron Annie y Jack al unísono.

El Gran Maestro se dirigió hacia una pequeña construcción. En la amplia entrada, se sacó las sandalias y las puso junto a la fila de zapatos que la gente dejaba en la puerta. Annie y Jack hicieron lo mismo.

En el interior de la casa de té, varios cocineros revolvían cacerolas humeantes que reposaban sobre una cocina de leña. La gente, sentada alrededor de mesas bajas y largas, comía con palillos y bebía en tazas pequeñas. Muchos clientes, al ver a Basho, sonreían tímidamente y se inclinaban ante él.

"Basho debe de ser un maestro de los samuráis muy famoso", pensó Jack, sintiéndose importante por estar con él.

Basho se dirigió a una mesa y se sentó con las piernas cruzadas sobre una alfombra de paja. Annie y Jack hicieron lo mismo. Enseguida, un mesero con un pañuelo alrededor de la cabeza se acercó a ellos.

—¡Bienvenido a nuestra humilde casa de té, Maestro Basho! —dijo.

—¡Gracias! —contestó el maestro.

"¡Todos son tan amables en Japón!", pensó Jack.

El mesero les dio paños tibios y húmedos a los tres. Annie y Jack le dieron las gracias. Basho se limpió las manos con el paño y Jack lo observó con atención. Él y Annie hicieron lo mismo y le devolvieron los paños al mesero.

—Quiero sushi para mí y para mis alumnos, por favor —dijo Basho.

—Muy bien —exclamó el mesero inclinándose hacia adelante.

Mientras esperaban la comida, Jack notó que toda la gente del lugar comía con palillos, incluso los niños. Ni él ni Annie habían aprendido a usar bien los palillos en los restaurantes asiáticos del barrio.

Muy pronto, el mesero trajo tres platos con trocitos de arroz húmedo, envuelto en tiras verde oscuro, parecidas al papel. También, trajo servilletas y tres pares de palillos.

Cuando se retiró, Basho habló en voz muy baja para que sólo Annie y Jack escucharan.

—Esto es *sushi*; arroz con trozos de pescado crudo en el centro.

—¿Pescado crudo? —preguntó Jack tragando saliva.

—¿Y esto qué es? —agregó Annie señalando el envoltorio verde oscuro.

—Son algas —respondió Basho.

—¿Algas? —preguntó Jack.

—Son muy buenas —contestó el maestro.

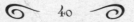

Jack tenía tanta hambre que estaba dispuesto a probar cualquier cosa, hasta pescado crudo envuelto en algas. Su único problema eran los palillos.

—Hazlo así, Jack —sugirió Annie.

Y con cuidado agarró un trozo de sushi con los extremos de los palillos de madera. Jack imitó a su hermana. Pero al llevarse el sushi a la boca, a los dos se les cayó sobre la mesa.

Annie y Jack se rieron y probaron suerte otra vez. Annie tuvo éxito. Pero a Jack se le cayó su porción. Ya cansado, agarró el sushi con la mano y se lo metió en la boca.

—¡Qué rico! —El arroz en vinagre, el pescado crudo y las algas saladas eran una delicia.

Mientras masticaba, de pronto, se quedó inmóvil. Desde otra mesa, dos samuráis lo miraban fijo. Uno tenía una cicatriz enorme en la cara. El otro, ojos oscuros y feroces.

Jack tragó con la garganta seca.

"¡Vieron lo que hice con los palillos! —pensó—. ¡Se dieron cuenta de que no soy japonés!". Luego, trató de comer más sushi, pero con palillos. Al volver la vista hacia los samuráis, Jack notó que estos acechaban como dos halcones.

A Jack le temblaban las manos, pero trató

de mantenerse tranquilo. De repente, recordó unas líneas del libro de Japón: *Los samuráis no demuestran sus sentimientos y tienen un gran poder de concentración.*

Con todas sus fuerzas ocultó el miedo, concentrándose en agarrar el sushi con los palillos de madera. Sereno, abrió la boca y se lo comió. Luego, tomó otro y se lo comió con calma.

Al dirigir la vista a los samuráis, Jack notó que estos ya no lo miraban. Respiró hondo. Agarró el último sushi con los palillos y se lo comió serenamente.

—Muy bien —dijo Basho sonriendo.

—Gracias —exclamó Jack.

—Bueno, ahora debemos irnos —agregó el maestro.

Dobló su servilleta cuidadosamente y la dejó junto al plato. Annie y Jack hicieron lo mismo que él. Basho pagó la comida y los tres se calzaron en la puerta. En ese instante, empezó a oírse el estruendo de un tambor. En la verde ribera, se había juntado una multitud.

—¿Qué pasa? —preguntó Annie.

—Vengan, les mostraré —dijo Basho.

La gente abrió camino para que Basho pudiera llevar a Jack y a Annie hasta el frente.

En el suelo había un círculo enorme delimitado por un anillo de paja. Y, en el medio, se veían dos hombres enormemente gordos enfrentados en cuclillas. Cada uno parecía que pesaba

más de 400 libras. De pronto, ambos batieron palmas y comenzaron a golpear el piso con los pies.

—¿Quiénes *son?* —preguntó Annie, con los ojos desorbitados.

—Son luchadores de sumo —explicó Basho—. Este ha sido el deporte más popular en Japón por más de mil años.

Los dos luchadores estaban inmóviles, agachados y con los puños cerrados, mirándose con furia. La multitud parecía estar conteniendo el aliento. Hasta que, de repente, uno de los luchadores arremetió contra el otro. Las dos moles humanas empezaron a forcejear.

—Tienen que tirar al adversario fuera del ring —dijo Basho.

Gruñendo y jadeando, los luchadores avanzaban y retrocedían con el constante aliento del público. De pronto, uno de los luchadores hizo un movimiento rápido y tiró a su rival fuera del círculo. El público rugió. Jack se dio cuenta de que él también aclamaba al ganador.

Cuando el silencio se restableció, Basho miró a Annie y a Jack.

—La primera lucha ha terminado —dijo—. ¿Qué les parece si nos vamos?

Antes de que pudieran responder, dos samuráis se pararon delante de ellos. Uno tenía una gran cicatriz en la cara. El otro, ojos oscuros y feroces.

—Disculpen —dijo el hombre de la cara cortada—, ¿podemos ver sus pasaportes?

CAPÍTULO CINCO

¿Alumno excelente?

Jack quedó paralizado.

Basho dio un paso adelante. Al verlo, los dos samuráis se inclinaron ante él.

—Buenas tardes, Maestro —dijo uno.

—Buenas tardes —contestó Basho—. Ellos son mis alumnos, Koto y Baku. Creo que olvidaron los pasaportes en la casa.

—¿Son alumnos suyos? —preguntó el samurái de la cicatriz.

—Sí, son excelentes —agregó Basho—. Tienen un talento natural.

—Ah —Los dos samuráis miraron a Annie y a Jack con curiosidad—. ¿Compartirían su talento con nosotros? —agregó uno sonriendo.

"¿Talento? —se preguntó Jack desesperado—. ¿Talento de guerreros samuráis?".

Basho notó la confusión de Jack.

—Tal vez quieran recitar uno de sus poemas —sugirió el maestro.

—¿Uno de nuestros poemas? —chilló Jack.

"¿Qué tiene que ver este talento con los samuráis? —se preguntó—. ¿Ellos tienen que saber poemas?".

—Claro —afirmó Annie—. Yo sé uno.

Respiró hondo y empezó a recitar:

> *Brilla, brilla, estrellita,*
> *me pregunto qué serás.*
> *Allá lejos, sobre el mundo,*
> *un diamante de verdad.*

El samurái de la cicatriz asintió con la cabeza.

—Muy bien, Koto —dijo—. La estrellita brilla como un diamante.

El otro samurái cerró los ojos, como si estuviera viéndola.

—Sí, ¡muy bien! —agregó—. Un diamante brillando sobre el mundo entero. ¡Excelente!

Ambos samuráis miraron a Jack.

—¿Y tú, Baku? —preguntó uno.

Jack se quedó mirándolos. No recordaba ningún poema, ni siquiera una canción de cuna.

—Eh… ¿un poema? Bueno… —dijo—. Eh…, a ver… sí… —Tomó aire y comenzó a recitar:

Adoro el Japón.
Oh, sí, un montón.
De verdad, yo lo amo.
Oh, la tierra del Japón
es la mejor.

Jack se mordió los labios. Sabía que su poema era desastroso. Miró a Annie, pero ella clavó los ojos en el piso para no reírse.

El samurái de ojos oscuros miró a Basho.

—¿Alumno excelente? —preguntó.

—Bueno, es que… Baku tiene un talento… diferente. Necesita trabajar, pero lo tiene.

El samurái enarcó las cejas.

—¿Usted dice que él dejó el pasaporte en la casa, Maestro Basho? ¿Dónde vive? —preguntó.

En ese instante volvió a oírse el tambor. Los dos samuráis alejaron la mirada; estaba por empezar otra lucha de sumo. Así que se acercaron al ring para ver mejor.

Basho miró a Annie y a Jack.

—Creo que debemos irnos —sugirió con calma—. Los llevaré a mi casa, allá estarán más seguros.

Rápidamente, se alejaron del tumulto y caminaron por entre los compradores del lugar. Muchos vendedores ambulantes tenían un palo colgado de los hombros, con dos canastos en los extremos.

—¡Zapatos, calcetines! ¡Galletas, masa para pastel! ¡Soga, cordeles! —vociferaban ofreciendo sus mercancías.

—¡Libros! ¡Libros! —gritaba una mujer, con un canasto enorme atado a la espalda.

—No, gracias —contestó Jack.

Él adoraba los libros pero temía que aparecieran los samuráis, así que siguió caminando.

—¡Pájaros! ¡Pájaros! —gritaba un niño mostrando jaulas.

De pronto, Jack sintió que lo agarraban del hombro. ¡Casi le da un ataque al corazón! Por suerte, era Basho.

—Vivo por *allá*, pasando el puente —dijo.

Siguiendo al maestro, Annie y Jack atravesaron un puente angosto que cruzaba un canal. Pasaron por un templo, por un grupo de pequeñas casas de bambú con patios llenos de pollos. Niños pequeños jugaban con trompos sobre el suelo polvoriento.

—¡Hola, Maestro Basho! —gritó uno.

Él lo saludó con una sonrisa

Annie y Jack siguieron a Basho por un sendero de tierra que bordeaba el río. Pinos altísimos se alzaban junto a la ribera. Un viento seco desparramaba las hojas y agujas de los pinos por los bajíos. Jack empezó a respirar con más calma. Se sentía a salvo.

El sendero se tornó más angosto y el sol comenzó a deslizarse por detrás de las copas de los árboles. Jack, ansioso por llegar al castillo de Basho, esperaba ver el tejado escarpado y los murallones altos de los castillos de los samuráis.

Entre las sombras del crepúsculo, cada vez más oscuras, Basho llevó a Annie y a Jack hacia un claro, no muy lejos del río.

En medio del claro había un lago cubierto de algas. Del otro lado del lago, un camino de piedras cubiertas de moho llevaba justo a la puerta de una pequeña cabaña de bambú. El techo estaba construido con tablillas de madera. Al lado de la cabaña había una enorme planta, con hojas verdes y desgarbadas.

—Bienvenidos a mi castillo —dijo Basho.

CAPÍTULO SEIS

El banano

—¿*E ste* es su castillo? —preguntó Jack.

Basho sonrió.

—En mi corazón, mi humilde cabaña es más grande que todos los castillos de todos los samuráis —explicó—. No la cambiaría por nada. Y, para mí, mi banano es más bello que todo el Jardín Imperial.

Annie y Jack se quedaron mirando el enorme árbol de hojas verdes, largas y caídas.

—Este árbol me gusta tanto que tomé su nombre. *Basho* significa banano.

—Genial —exclamó Annie, mirando a su alrededor—. Este lugar es hermoso.

"Para mí, no", pensó Jack. La cabaña se veía abandonada y el banano, triste y raquítico.

—Por favor, entren —dijo Basho. Se sacó las sandalias y las dejó afuera. Agarró un fardo de leña y, agachando la cabeza, entró en su cabaña.

Annie y Jack también se sacaron las sandalias y siguieron al maestro al interior de una habitación pequeña y oscura.

—Por favor, siéntense —dijo Basho.

—Gracias —contestaron ambos.

Jack miró a su alrededor, en busca de sillas, pero no vio ninguna. Sólo había una mesa de madera de patas cortas y un baúl de bambú. Tres alfombras de paja cubrían el suelo de tierra. Annie y Jack se sentaron sobre una de ellas.

Basho encendió una pequeña lámpara de aceite y, luego, prendió la chimenea.

—Les prepararé un poco de té. Descansen, iré a buscar agua al río. —El maestro agarró una de las cubetas de madera, que tenía junto a la puerta y salió.

Annie y Jack se miraron.

—Creo que esta es una casa de tres alfombras —comentó Annie.

Jack asintió con la cabeza.

—Un maestro famoso de los samuráis tendría que vivir en una casa de cien alfombras o, al menos, de cincuenta —dijo.

—A mí me gusta esta casa —agregó Annie—. Es acogedora.

—¿Quién es Basho en realidad? —comentó Jack.

—Si es famoso, tal vez esté en nuestro libro. ¡Fíjate! —propuso Annie.

—Buena idea —contestó Jack sacando el libro de la bolsa. A la luz del fuego, ojeó el índice—.

¡Acá está! —Buscó la página y leyó en voz alta:

Basho es uno de los más grandes poetas del Japón. Escribió poemas, bellos y breves, que hablan a la gente de hoy en día tan claramente como a los ciudadanos del período Edo.

—¡Basho es un gran *poeta!* —dijo Annie—. ¡Eso lo explica todo!

—En parte sí… —agregó Jack—. Por ejemplo, haber tenido que recitar poemas para los samuráis. Pero no sabemos por qué Basho vive en una casa tan insignificante.

El maestro abrió la puerta y entró con su cubeta. Con disimulo, Jack cerró el libro y lo metió en la bolsa.

Basho llenó una olla de hierro con el agua y la puso al fuego. Del baúl de bambú sacó tres cuencos pequeños y una diminuta bolsa de tela llena de té verde. Lo puso en los cuencos y esperó pacientemente a que el agua hirviera.

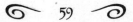

Annie y Jack también esperaron en silencio. Mientras escuchaba el suave sonido del río, Jack comenzó a sentirse en paz por primera vez en el día.

Cuando el agua hirvió, Basho sirvió un poco en cada cuenco y los repartió.

—Gracias —dijo Annie.

—Gracias —repitió Jack.

—De nada —respondió Basho.

Con cuidado, Jack bebió un sorbo del humeante cuenco. El té verde tenía sabor amargo, pero a él no le preocupaba.

—Vaya, qué sabor tan interesante —comentó Annie—. Basho, Jack quiere saber por qué, si tú eres un poeta famoso, vives en una casa tan insignificante.

—¡Annie! —exclamó Jack avergonzado—. Está bromeando, no es eso lo que quise decir.

Basho se echó a reír.

—Hace mucho tiempo, estaba entrenándome para ser samurái, pero no era feliz —explicó—. Lo único que deseaba hacer era escribir poesía. Un poeta no necesita vivir en un castillo. Sólo necesita

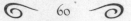

estar cerca del viento, las nubes, las flores y los pájaros. Aquí tengo un pequeño jardín, mi banano y el sonido del río. Es todo lo que necesito para escribir mis poemas.

—¿Acerca de qué escribes? —preguntó Annie.

—Cosas pequeñas —respondió Basho—. Por ejemplo, un cuervo sacando caracoles del barro, un pájaro carpintero picoteando el tronco de un árbol, las agujas de los pinos volando con el viento. Un poeta encuentra belleza en todas las pequeñas cosas de la naturaleza.

—¿Y tú les enseñas poesía a los samuráis? —preguntó Jack.

—Sí, ellos veneran este arte —explicó Basho—. La poesía ayuda a enfocar la mente. Los samuráis creen que un verdadero guerrero debería poder componer un poema, incluso en medio de un terremoto o enfrentando al enemigo en la batalla.

—¿Puedes recitarnos uno de tus poemas? —preguntó Annie.

—Déjame pensar... A ver... Ah, ayer estaba trabajando en un poema nuevo —respondió.

De una caja de madera que tenía debajo de la mesa, Basho sacó un trozo de papel, delicado y pequeño, y leyó en voz alta:

Un viejo estanque:
una rana que salta...
el sonido del agua.

Basho miró a Annie y a Jack.

—Vaya —exclamó Jack—. Buen comienzo.

—No es sólo el comienzo —dijo Basho—. Es el poema entero. Un instante en el tiempo.

—Creo que es maravilloso —comentó Annie—. Amo a las ranas y tu poema me hace amarlas más todavía.

—¿Podrías leerlo otra vez, por favor? —pidió Jack, con la sensación de que se había perdido alguna parte.

Basho leyó nuevamente:

Un viejo estanque:
una rana que salta...
el sonido del agua.

Jack asintió, pensativo.

—Es bueno —dijo—. Realmente bueno. —Y lo había dicho en serio. El poema le había hecho sentir que él mismo estaba junto al estanque, oyendo a la rana saltando al agua.

—Si te gusta, te lo regalo —comentó Basho entregándole el trozo de papel a Jack.

—¡Gracias, Basho! —exclamó él. Mientras guardaba el poema en su bolsa, se oyó una campana en la distancia.

—Ah, son las campanas del templo —dijo Basho, y se puso de pie—. Es hora de descansar. Me llevaré una alfombra afuera, me agrada dormir bajo las estrellas. Y con tu poema de hoy, Annie, pensaré que son como diamantes en el cielo.

Annie sonrió.

—Si quieren, pueden quedarse adentro pero cúbranse con estos mosquiteros —aconsejó Basho, sacando dos redes del baúl de bambú—. Pero no se preocupen, en mi pequeña casa sólo hay mosquitos pequeños; no gigantes, como los del Palacio Imperial.

Annie y Jack se rieron de la broma de Basho. Luego, él agarró su alfombra y se fue a dormir afuera.

El fuego se había apagado. La luz de la lámpara de aceite estaba por extinguirse. Annie y Jack se acostaron sobre las alfombras de paja y se cubrieron con los mosquiteros. Se oyó el sonido de un grillo. Jack notó una claridad en el suelo; era la luz de la luna que entraba por la ventana.

Sacó la mano fuera de la red y la colocó sobre el pálido rectángulo de luz, mientras escuchaba

la brisa sacudiendo el banano. Medio dormido, se veía a sí mismo balanceándose con las hojas largas y anchas.

—Esta insignificante cabaña es más bonita que un castillo —murmuró Annie—. Siento que somos como grillos que se van a dormir.

—¡Sí!… Yo siento que atrapé la luz de la luna con la mano —agregó Jack—. Y que soy una hoja del banano, bailando con el viento.

—Parece un poema —comentó Annie.

—Sí… creo que voy a escribirlo —dijo Jack pero, al instante, se quedó dormido.

CAPÍTULO SIETE

¡Talán! ¡Talán!

¡Talán! ¡Talán!

Jack abrió los ojos. El sonido de campanas invadió la noche. Pero no era el sonido suave de las campanas del templo, sino uno más duro.

Jack sintió olor a quemado. Annie y él se quitaron los mosquiteros y, de un salto, llegaron a la puerta.

Basho estaba parado en su jardín, mirando el cielo del amanecer. Se veía negro por el humo. Las campanas seguían tocando.

—¿Hay un incendio? —preguntó Jack.

—Sí —respondió Basho—. Debe de ser muy grande, porque las campanas de la torre vigía no paran de sonar. Esto es lo que más temíamos. Debo ir a ayudar a combatir el fuego.

—Nosotros también iremos —dijo Jack.

—No, quédense aquí —contestó Basho. Se puso los calcetines y las sandalias, y agarró una cubeta de madera que estaba junto a la puerta.

—Si el fuego se acerca, métanse al río y estarán a salvo.

—Pero queremos ayudar —agregó Annie.

—¡Sí, espéranos! —dijo Jack.

Ambos se calzaron al instante.

—Entonces, vengan. Pero prométanme que si el fuego se propaga volverán al río —insistió Basho.

—¡Prometido! —exclamó Annie.

—Bueno, traigan la otra cubeta y síganme —agregó Basho.

—Yo la traeré —dijo Jack, corriendo hacia la cabaña. Aún vacía, la cubeta era muy pesada, así que se la puso contra el pecho y salió.

Annie y Jack siguieron a Basho por el bosque de pinos. Luego pasaron por una granja, donde dos niños miraban el cielo encendido por las llamas.

—¡Nuestro padre dice que el depósito de madera que está cerca del río está incendiándose! —le gritó el niño a Basho.

—¡Él fue a ayudar a apagar el fuego! —agregó la niña—. ¡Está quemándose toda la madera!

Basho, Annie y Jack pasaron por el templo, por el puente peatonal angosto y las campanas de incendio seguían sonando.

A toda prisa, atravesaron el sinuoso sendero de tierra y llegaron al mercado. En el amanecer rojo, teñido de humo, la gente empujaba sus carros llenos de mercadería. Todos tratando de escapar del fuego.

Pero Basho, Jack y Annie corrían *hacia* el fuego. Cerca de las casas de té y los escenarios, el aire fue tornándose más caliente. Chispas enormes salían disparadas hacia el cielo. Las tejas de los techos en llamas se hacían pedazos contra el suelo.

En medio del humo, Annie y Jack siguieron a Basho hasta el depósito de madera. El fuego rugía devorando las altas pilas de leños. Las llamas casi alcanzaban el cielo.

Quienes combatían el fuego, ubicados en fila desde el río hasta el incendio, se pasaban cubetas de mano en mano. Otros agitaban abanicos gigantes para hacer retroceder las llamas, que el viento hacía avanzar. Mientras que los más osados trabajaban con ganchos y hachas para apartar la madera en llamas.

—¡Traigan agua del río! —dijo Basho.

El maestro corrió a ayudar con los abanicos,

mientras Annie y Jack corrían río abajo. Jack llenó la cubeta de madera, pero estaba tan pesada que no podía levantarla.

—¡Llevémosla los dos juntos! —sugirió Annie.

—¡Sí, es mejor! —contestó Jack.

Con todas sus fuerzas subieron la cubeta por la ribera, tratando de no derramar agua al tropezarse. Con tanto humo, Jack casi no podía respirar. Los ojos y la garganta le ardían. Sentía la cara al rojo vivo. Finalmente, cuando sintió que no podía dar un paso más, llegaron a su destino. Entregaron la cubeta a la última persona de la fila y ésta les dio una cubeta vacía.

—¡Traigan más agua! —les gritó.

Annie y Jack corrieron al río. Llenaron la cubeta y reiniciaron el camino de regreso.

Una y otra vez, repitieron el viaje de ida y vuelta desde el río hasta la brigada de cubetas. Todos trabajaban duro para combatir el incendio. Pero las llamas seguían creciendo y casi llegaban al cielo. Pronto, el fuego cruzó el río y la madera de la otra ribera comenzó a arder.

—¡Oh, no! —gritó una mujer—. ¡Ahora se quemará toda la ciudad!

—¡Los depósitos de arroz también se incendiarán! —se lamentó un hombre—. ¡Perderemos la cosecha!

Muchos empezaron a llorar. A Jack se le llenaron los ojos de lágrimas. El hermoso mundo flotante de Edo estaba a punto de ser devorado por las llamas.

—¡Ya no hay nada más que hacer! —le dijo a Annie.

—¡No, aún podemos hacer algo! —agregó ella—. ¡Tenemos la vara! ¡Podemos usarla!

—¡Tienes razón! —gritó Jack—. ¡Pero está en mi bolsa! ¡La dejé en la casa de Basho!

—¡Tenemos que ir a buscarla! —agregó Annie—. ¡Basho, volveremos a tu castillo!

—¡Sí! ¡Corran! ¡Sálvense! —contestó el maestro—. ¡Métanse al río!

—¡Bien! —contestó Jack.

—¡Ten cuidado! —le gritó Annie a Basho. Ella y Jack salieron corriendo. A toda prisa, pasaron

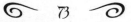

por el mercado, por el puente peatonal, el templo, la granja y, por último, atravesaron el bosque de pinos hasta que llegaron a la morada de Basho.

Entraron corriendo a la diminuta cabaña. Jack agarró la bolsa y sacó la vara. Con vigor, la agitó con firmeza.

—¡Haz algo para detener el fuego! —gritó.

Jack se quedó inmóvil y a la espera.

—¡Déjame intentarlo a mí! —dijo Annie. Agarró la vara y la agitó con fuerza. —¡Detén el fuego sobre Edo, *ahora!* —gritó.

Ella y Jack se quedaron en silencio.

—¡No funciona! —dijo Jack desesperado—. Estamos haciendo algo mal.

—¡Pero esto es por el bien de todos! —agregó Annie.

—¡Ya lo sé! ¡Lo sé! —contestó Jack.

—¡Y ya hicimos hasta lo imposible por ayudar! ¡Como todos! —agregó Annie.

—¡Tenemos que usar cinco palabras! —recordó Jack.

—¡Es verdad! —agregó Annie. Y empezó a agitar la vara. —¡Ayúdanos con el incendio! —gritó.—¡Te falta una palabra! —gritó Jack.

—*¡Ahora!* —insistió Annie, con voz alta y firme.

Annie y Jack fueron deslumbrados por una luz cegadora. Jack sintió que él mismo atravesaba la brillante luz, luego la oscuridad y, por último, otra vez la luz. Un viento helado empezó a soplar. El aire se había tornado transparente. El sol del amanecer brilló sobre las rocas.

Annie y Jack estaban parados en el saliente de una montaña.

CAPÍTULO OCHO

Amanecer rojo

—¿Estás bien? —preguntó Annie, aún con la vara en la mano. El viento le agitaba las trenzas.

—Sí, sí…, pero, ¿qué pasó? —contestó Jack, aturdido. Estaba congelado y sin aliento—. ¿Dónde estamos?

—No lo sé —susurró Annie.

Jack se protegió los ojos ante el intenso reflejo del amanecer rojo, tratando de mirar a su alrededor. Nubes de color rosa, suspendidas en el aire, parecían algodón de azúcar. Por un claro entre las nubes, Jack vio cerros cubiertos por un velo

de humo. Y más abajo, la ciudad de Edo ardiendo en llamas.

—Creo que estamos en el Monte Fuji —comentó Annie.

—¿Monte Fuji? ¡Qué locura! ¿Por qué estamos *aquí?* —preguntó Jack, tratando de recuperar el aire. Se sentía mareado y perdido—. ¡Edo está incendiándose! ¡Tendríamos que estar *allá!*

—Tal vez la vara no entendió —comentó Annie—. Quiso salvarnos y nos trajo acá. ¿Qué podemos hacer?

De golpe, una gran masa de nubes espesas formó una muralla alrededor de la cima del monte. Las nubes giraron en remolino cambiando de rosa a dorado, a gris y, por último a blanco.

—¿Qué está pasando? —gritó Jack.

—No lo sé —respondió Annie.

Del centro de las nubes en movimiento ¡emergió la cabeza de un monstruo gigante!

—¡AHHH! —gritaron Annie y Jack a la vez y, abrazados, se agacharon sobre el borde rocoso.

El monstruo tenía cejas erizadas, bigotes largos y rizados, cuernos de ciervo, lengua de serpiente y el aliento ardiente de un dragón. A través de las nubes arremolinadas, Annie y Jack podían ver a la criatura, mitad serpiente mitad dragón, enroscándose en un lado de la montaña, con su lomo de escamas brillantes dividido por una hilera de aletas de tiburón.

El dragón estiró las garras, mil veces más grandes que las de un águila, y las clavó sobre la montaña.

Jack trató de hacerse lo más pequeño posible y se cubrió la cabeza. Pero Annie se levantó de un salto.

—¡Ya sé! ¡Ya entendí! ¡Gracias por venir! —gritó.

—¡Annie, agáchate por favor! —gritó Jack.

—¡Es el Dragón Nube! ¿Te acuerdas del espectáculo de marionetas? —preguntó Annie—. ¡La vara lo envió aquí!

—¿Qué? ¿Por qué? —vociferó Jack.

—¡Él es quien crea la lluvia! ¿No lo recuerdas? —insistió Annie—. *¡Él comanda a las nubes de la lluvia!*

El dragón bajó la enorme cabeza, estirándola por encima de la saliente de la montaña. Con la luz del amanecer, las escamas se veían doradas como la miel. De pronto, se quedó completamente quieto como si esperara algo.

—¡Vamos! ¡Tenemos que subirnos a su espalda! —gritó Annie.

—¿Por qué? —insistió Jack.

—¡Tenemos que ir con él! ¡La vara nos trajo hacia él! —explicó Annie—. ¡Ahora tenemos que mostrarle qué debe hacer!

—¡Está bien! ¡Está bien! —contestó Jack.

Rápidamente, Annie trepó sobre el lomo del Dragón Nube, y se sentó entre dos aletas. Jack subió y se sentó detrás de su hermana, agarrándose de una aleta, como si fuera el cuerno de una montura.

—¡Vuela por encima del fuego! ¡Por favor, haz

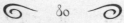

que llueva! —pidió Annie con todas sus fuerzas.

—¡Lo más fuerte que puedas! —gritó Jack.

El Dragón Nube se apartó del saliente de la montaña. Jack tiritaba de frío, mientras el monstruo serpenteaba por el frío mar de nubes, como una culebra gigante por el pasto.

Jack miró hacia abajo, hacia Edo. Un humo negro y llamas rojas teñían el cielo del amanecer.

—¡Ahora! ¡Que llueva ya! —gritó.

El Dragón Nube alzó la cabeza y por la boca empezó a expulsar nubes negras gigantes que fueron multiplicándose. Se oyó un estruendo y un relámpago iluminó el cielo. La lluvia comenzó a caer sobre la ciudad.

Mientras el dragón serpenteaba por el cielo, lanzaba montañas de nubes de lluvia

sobre las tierras bajas de los campos de arroz,

sobre el Jardín Imperial,

los castillos de los samuráis,

el mercado de pescado

y el Gran Puente.

La lluvia caía sobre el mundo flotante de las tabernas, los escenarios, las casas de té, los templos y las granjas.

Sobre el depósito de madera, el bosque de pinos y los canales.

Lentamente, el agua fue disipando el humo y las llamas. En Edo, el fuego había cesado pero el Dragón Nube expulsó más nubes negras. Así, la lluvia siguió cayendo y cayendo, bañando jardines y campos, llenando los ríos y los estanques secos.

—¡El fuego se extinguió! —gritó Jack.

—¡Llévanos con Basho! —le gritó Annie al dragón.

El Dragón Nube dio un giro y empezó a desplazarse por entre las nubes oscuras. De repente, empinó tanto el cuerpo que Annie y Jack ya no pudieron sostenerse más y cayeron dando volteretas por el aire.

¡PLAF! ¡PLAF!

Jack llegó al fondo del río. Agitó los brazos y subió a la superficie. Expulsó toda el agua y respiró profundo. Pero había perdido los lentes, así que tuvo que volver al fondo del río. De vuelta en la superficie, sacudió sus gafas y se las puso.

—¡Hola! —gritó Annie, sosteniendo la vara por encima del agua.

—¡Hola! —contestó Jack.

Ambos nadaron hacia la orilla hasta que tocaron fondo. Arrastrándose, salieron del agua y se desplomaron sobre la ribera enlodada.

Habían perdido los calcetines y las sandalias y tenían los kimonos pegados al cuerpo. Empapados y respirando agitados, se quedaron mirando el cielo.

Gotas enormes les golpeaban la cara. Ya no se veía rastro del Dragón Nube, pero seguía cayendo una lluvia fresca, que bañaba el mundo flotante de Edo.

CAPÍTULO NUEVE

Las flores de Edo

—¡Lo logramos! —dijo Annie—. ¡Hicimos nuestra propia magia!

—¡Sí! ¡Hicimos que el Dragón Nube apagara el fuego! —dijo Jack todavía aturdido—. ¿Estará cerca de aquí la casa de Basho?

—Seguro que sí. Le pedimos al Dragón Nube que nos llevara allá —contestó Annie—. Vayamos a buscar a Basho.

Ambos se levantaron y, descalzos, comenzaron a caminar por la orilla del río.

—¡Eh, ahí está el claro! —dijo Annie.

Dejando atrás árboles y hierbas altas, llegaron a su destino.

—¡Ay, no! —gritó Annie—. ¡Mira!

En medio del claro aún caía la lluvia pero sobre las ruinas carbonizadas de la casa del gran poeta. El techo de tablillas y las paredes de bambú de la cabaña se habían desmoronado.

—¿Dónde está Basho? —preguntó Jack asustado.

—¡Allá! —contestó Annie.

El famoso poeta estaba sentado sobre un leño, junto a su banano. Bajo la lluvia gris, con la ropa ennegrecida y la cara llena de hollín, agarraba su caja de poemas.

—¡Basho! —gritó Annie.

Él alzó la mirada. Una sonrisa le iluminó la cara sucia y curtida.

—¡Los busqué por el río pero no los encontré! ¡Me alegra que estén a salvo! —dijo.

—¡Nosotros también nos alegramos de que estés bien! —agregó Jack.

—¡Pero tu castillo! ¡El fuego lo destruyó! —comentó Annie apenada.

—Sí, se quemó antes del milagro de la lluvia —respondió Basho, con tristeza.

Annie y Jack se sentaron junto a él. Bajo la llovizna, se quedaron mirando los escombros humeantes. Entre los árboles y plantas empapados una paloma arrullaba.

Por un largo rato, los tres se quedaron callados. Luego, Annie rompió el silencio.

—Me alegra que aún tengas tu banano —comentó—. Me encanta oír la lluvia sobre las hojas.

Basho alzó la vista, pero no dijo nada.

—Sí, a mí me gusta el sonido del río —dijo Jack—. Se hizo más fuerte con la lluvia.

El maestro inclinó la cabeza como escuchando la lluvia sobre las hojas del banano y el curso intenso del río. De pronto, le cambió la cara.

—Sí, a mí también me gustan esas cosas —agregó, abrazando su caja de madera—. Y todavía tengo mis poemas.

—Y tu castillo será más lindo que antes —dijo Jack.

Basho sonrió.

—Supongo que es por eso que nuestros antepasados llamaban a los incendios "las flores de Edo" —comentó.

—¿Qué quieres decir? —preguntó Jack.

—Cuando el fuego destruye una cosa, algo nuevo aparece en ese lugar —explicó Basho—. Después del invierno más crudo, flores hermosas renacen con la primavera.

—Harás muchas flores hermosas —dijo Annie.

—Gracias, pero lamento que tú y Jack ahora no tengan donde quedarse a pasar la noche —respondió Basho.

—No te preocupes —agregó Annie—, tenemos que regresar a casa.

—¿Es lejos? preguntó Basho.

—¡*Muy* lejos! —contestó Annie. Ella y Jack se pusieron de pie—. Pero, sólo tenemos que volver al Palacio Imperial para poder regresar.

—Bien —dijo Basho, poniéndose de pie—. En marcha, los acompañaré.

—¡Gracias, excelente idea! —agregó Jack.

Basho agarró su bastón y llevó a Annie y a Jack por la ribera. A través de la suave llovizna, divisaron un bote de pasajeros navegando río arriba. Basho les hizo señas y el capitán se dirigió a la orilla.

Annie y Jack se subieron al bote con Basho. Los tres se sentaron en un banco de madera, mientras los pasajeros los observaban. Muchos tenían cenizas en la ropa y hollín en la cara. Al ver que no había samuráis a bordo, Jack se alegró.

—Maestro Basho, es un honor saludarlo —dijo el capitán.

Los pasajeros saludaron al maestro con respeto y sonriendo, como si la presencia del gran poeta les diera esperanza.

—La lluvia fue un milagro, ¿verdad, Maestro Basho? —comentó una mujer.

—Así es —respondió él.

—Creo que el Dragón Nube apareció justo a tiempo —dijo Annie.

—¡*Annie!* —susurró Jack.

Basho sonrió.

—Me temo que ya nadie cree en el Dragón Nube, Annie. Pero es hermoso pensar que sí existe, ¿verdad?

—Es verdad —contestó ella.

Mientas navegaban, la lluvia se detuvo. Del agua se levantó neblina y los pájaros empezaron a cantar.

Al pasar por la casa de té, Annie y Jack vieron a hombres limpiando todo después del incendio. Mientras barrían las tejas rotas y fregaban las aceras, los meseros les servían té.

Cuando llegaron al escenario de marionetas y al depósito de madera, ya brillaba el sol. De los montículos de leños carbonizados, aún salían hilos de humo.

En la radiante mañana, el bote de pasajeros avanzó apaciblemente por debajo del Gran Puente y por el concurrido mercado de pescado. Allí, los pescadores acarreaban lo que habían pescado la noche anterior.

Cuando el bote pasó por los castillos de los samuráis y se acercó al foso del Jardín Imperial,

el sol ya había secado por completo los kimonos de
Annie y Jack.

El bote de pasajeros se detuvo en el muelle.
Basho ayudó a Annie y a Jack a subir al muelle y
se despidió de los demás pasajeros.

Los tres caminaron por el puente de piedra que cruzaba el foso y atravesaron la entrada de la altísima muralla. Luego, siguieron por los senderos del Jardín Imperial, alrededor de las grandes rocas y del lago lleno de cisnes.

Jack estaba alerta por si veía caballos y guerreros samuráis. Pero el jardín estaba tan sereno como cuando él y Annie lo vieron por primera vez. Se oía el canto de los pájaros. Los sauces se mecían con la brisa, el agua de las cascadas caía lentamente en el estanque verde. Jack divisó la pequeña casa de madera brillando sobre la copa del cerezo.

—Ya sabemos cómo seguir… —le dijo a Basho.

—¿Estás seguro? —preguntó el maestro. No parecía haber visto la casa del árbol.

—Sí, en cuanto nos pongamos en marcha, el viaje será más fácil —agregó Annie.

Basho asintió con la cabeza.

—Me has hecho recordar el famoso dicho del samurái Musashi —dijo—: *"Un viaje de mil millas empieza con un paso".*

—Yo escuché ese dicho una vez —agregó Jack.

—Las palabras sobreviven a sus creadores —dijo Basho—. Aunque yo nunca seré tan afortunado de que las mías me sobrevivan.

—No estés tan seguro de eso —agregó Annie.

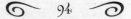

Basho sonrió con ternura.

—Espero que algún día puedan regresar a Edo —dijo—. Si lo hacen, búsquenme. Para ese entonces, tal vez tenga un bonito castillo nuevo a orillas de río.

—¡Gracias! —dijo Jack.

—¡Adiós! —agregó Annie.

Ambos se inclinaron ante Basho a modo de despedida.

Basho hizo lo mismo y se marchó. Mientras se alejaba, las flores que caían de los cerezos flotaban en el viento.

Annie y Jack contemplaron a Basho hasta que ya no pudieron verlo.

Justo cuando empezaban a caminar, un hombre salió de entre las sombras del jardín. Tenía puesta una chaqueta azul y del cinturón le colgaban dos espadas.

—Disculpen, ¿podría ver sus pasaportes, por favor? —preguntó el samurái.

CAPÍTULO DIEZ

Un viaje de mil millas

Jack se quedó paralizado.

—¿Nuestros pasaportes? —preguntó Annie—. Se... se quemaron en el incendio, al otro lado del Gran Puente.

El samurái los miró con desconfianza.

—¿Sus pasaportes se *quemaron?* —insistió el samurái—. ¿Y qué hacían del otro lado del puente?

—Estábamos con el Maestro Basho —contestó Jack.

—¿El Maestro Basho? —preguntó el samurái.

—Sí —respondió Annie—, somos alumnos de él.

—¡Ah! —La cara del samurái se iluminó—. ¿Entonces, estudian poesía con él?

—¡Sí! ¿Le gustaría escuchar algunos poemas? —comentó Annie.

"¡Ay, no! ¡Otra vez, no!", pensó Jack.

—¡Sí, por favor! —contestó el samurái.

—Bueno, será un placer —dijo Annie y se quedó pensando un momento—. Bueno, recitaré un poema corto y simple...

> *Afuera, la lluvia cae,*
> *pero el pequeño grillo del hogar*
> *está seco esta noche.*

El samurái inclinó la cabeza.

—Muy bien, sí. Simple pero hermoso —dijo.

—Muchas gracias —contestó Annie.

Cuando el hombre miró a Jack, a él se le cortó la respiración. Con la mente en blanco, miró a su hermana en busca de ayuda. Pero ella sonrió esperando oír el poema.

Jack se aclaró la garganta, tratando de conservar la calma. Cerró los ojos y dejó que su mente

vagara por la visita a Japón. Luego abrió los ojos y, mirando el cielo sin nubes, dijo:

El sol brilla,
hace calor,
pero la luna
y la brisa fresca de anoche
hoy están conmigo,
llenando mi corazón.

—¡Vaya! —susurró Annie—. ¡Bien!

—¡Sí, muy bien! —dijo el samurái, mirando el cielo—. La luna y la brisa fresca han quedado de anoche —comentó—. Excelente, ¡el Maestro Basho te ha enseñado bien!

El samurái se alejó sacudiendo la cabeza y murmurando para sí. Luego, como encantado con el día, rió feliz.

Jack no podía creerlo. ¡Eran libres!

—¡Vámonos! ¡Rápido! —dijo—. ¡Antes de que alguien más nos vea!

Los dos corrieron hacia la escalera colgante. Al entrar en la casa del árbol, Jack agarró el libro de

Pensilvania y buscó un dibujo del bosque de Frog Creek.

—Como una vez dijo el famoso samurái: "Un viaje de mil millas comienza con un paso" —exclamó.

—O con una *frase* —agregó Annie.

—Correcto —dijo Jack. Y señaló el dibujo—. ¡Deseamos regresar a casa!

—¡Espera un minuto! —dijo Annie, con un hilo de voz—. ¡¿Y la misión?!

—¿Qué? —preguntó Jack.

Pero el viento empezó a soplar.

La casa del árbol comenzó a girar.

Más y más rápido cada vez.

Después, todo quedó en silencio.

Un silencio absoluto.

Era una mañana fresca.

Annie y Jack estaban de vuelta en Frog Creek, con su propia ropa. La bolsa de Jack se había convertido en su mochila. Rápidamente, la abrió para

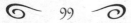

buscar la Vara de Dianthus. Allí estaba junto al poema de la rana de Basho.

—¡No puedo creerlo! —dijo Annie—. No buscamos ningún secreto de la felicidad para Merlín. ¿Cómo nos olvidamos de eso?

—Oh, cielos —exclamó Jack—. Estábamos tan preocupados por los samuráis y ayudando a apagar el fuego que nos olvidamos de nuestra misión.

—¿Qué dirá Morgana? —preguntó Annie preocupada—. ¡Es la primera vez que nos olvidamos de una misión! ¡Y esta era la más importante de todas! ¡Salvar a Merlín! —Annie estaba a punto de llorar.

—Espera, espera, cálmate —dijo Jack—. Pensemos un poco. Tal vez, en realidad, sí encontramos uno de los secretos de la felicidad. Sólo que no nos dimos cuenta.

—Quieres decir que... ¿estuvimos más que felices en todo momento? —preguntó Annie.

—Exacto, algo así —afirmó Jack—. ¿No lo estuvimos?

—No lo sé. ¿Tú estuviste feliz? —preguntó Annie.

—Creo que varias veces —contestó Jack.

—¿Cuándo? —preguntó Annie.

—Cuando cruzábamos el Gran Puente con Basho, creo que me sentí feliz allí —explicó Jack.

—Yo también —agregó Annie—. Y me sentí muy feliz cuando comíamos sushi.

—Sí, pero me asusté cuando vi que los samuráis me miraban —comentó Jack.

—¿Y qué sentiste durante la lucha de sumo? —preguntó Annie.

—Eso estuvo divertido. Pero no sé si me hizo realmente feliz —agregó Jack.

—¿Y cuando montamos al dragón y apagamos el fuego? —volvió a preguntar Annie.

—Eso fue maravilloso —contestó Jack—. Pero estaba demasiado preocupado por salvar la ciudad, como para estar feliz.

—¿Y cuando inventaste los poemas para los samuráis? —insistió Annie.

—Demasiado nervioso —respondió Jack.

—Bueno, pero... ¿cuándo te sentiste *verdaderamente feliz?* —repreguntó Annie.

—Creo que cuando... —Jack se quedó callado. Lo que iba a decir lo hacía sentir como un tonto.

—Vamos, dilo —sugirió Annie.

—Creo que en la casa de Basho, cuando estaba acostado sobre la alfombra —dijo Jack—. Cuando toqué ese pedazo de luz de luna sobre el piso, y escuché el sonido de las hojas del banano danzando con el viento.

—¡Ay, sí! —afirmó Annie—. Eso fue antes de quedarnos dormidos. Y yo, escuchando al grillo, sentía que era él, y que me quedaba dormida en un lugar confortable.

—Sí, así es —agregó Jack.

—Basho habló de encontrar belleza en las cosas simples de la naturaleza —comentó Annie—, como su poema, el de la rana que se tira al agua. Nunca lo olvidaré.

—¡Creo que es así! —dijo Jack—. Uno de los secretos de la felicidad es observar las cosas pequeñas y sencillas de la naturaleza.

—Vaya —exclamó Annie—. Creo que este es un gran secreto para Merlín.

—Lo es. Y el poema de Basho le servirá para comprender —agregó Jack.

—Correcto —dijo Annie.

—Bueno, ya vámonos —propuso Jack.

Annie bajó por la escalera colgante. Jack se colgó la mochila y siguió a su hermana.

Mientras ambos caminaban por el bosque frío, Jack notó cosas que jamás había visto: flores silvestres de color azul, brotando del suelo castigado por el invierno.

Vio hormigueros nuevos sobre la tierra.

Y brotes en las ramas de los árboles y musgo verde sobre las rocas, brillando bajo el sol de marzo.

—Siento que es la primera vez que veo llegar la primavera —dijo Jack.

—Yo también —agregó Annie.

—Pero no por primera vez en este año —aclaró Jack—, sino por primera vez en mi vida.

—Yo también —agregó Annie.

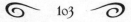

Mientras caminaban hacia el hogar, bajo el sol reluciente de la mañana, Jack se sintió feliz, *realmente* feliz.

Más información acerca de Basho, Edo y haiku

El poeta Basho nació en Japón en 1644. Su familia deseaba que se preparara desde pequeño para convertirse en samurái. Sin embargo, desde muy joven, Basho decidió dedicarse a escribir poesía.

Durante muchos años, fue pobre y desconocido. Pero, gradualmente, la gente empezó a leer sus poemas y, con el tiempo, se convirtió en un autor muy famoso. Tanto, que sus admiradores le construyeron una casa pequeña, cerca del río Sumida. Y un estudiante le obsequió un banano, basho en japonés, para que lo plantara en su jar-

dín. En el año 1682, su casa fue destruida por un incendio que se propagó por toda la ciudad. Debido a que en Edo las construcciones eran de madera, el fuego siempre era una amenaza constante. Tal como se menciona en este libro, ¡un terrible incendio quemó casi toda la ciudad!

Más adelante, construyeron una nueva casa para Basho, pero él no vivió mucho tiempo allí. En 1684, realizó el primero de muchos viajes por Japón, los que dieron origen al libro *"Camino angosto, hacia el norte profundo"*, en el que combina la poesía con la escritura de un diario.

Basho es famoso por su estilo poético, llamado **haiku**, el más corto del Japón. Los versos están escritos en lenguaje sencillo y describen cosas pequeñas y sencillas de la vida diaria. Al principio, este tipo de poesía puede parecer muy simple, pero llega a causar un efecto profundo en el lector. Un buen haiku despertará tus sentidos y hará que veas la vida de otra manera, como les sucedió a Annie y a Jack, y a otras personas de esta historia.

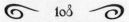

Todos podemos ser poetas

En su viaje al Japón antiguo, Annie y Jack también lo descubrieron: ¡todos podemos ser poetas! La poesía haiku tiene versos simples pero conmovedores, y casi siempre habla de la naturaleza y la vida diaria. ¿Te gustaría escribir tu propio poema? ¡Busca papel y lápiz! ¡Vamos, inténtalo!

Este estilo de poesía suele tener tres versos. Por lo general, el primero consta de cinco sílabas, el segundo de siete y el tercero, nuevamente de cinco. Estas reglas no son estrictas, pero dan una idea de la extensión del poema.

Bueno, siéntate y piensa en algo que sea muy importante para ti. Por ejemplo, la belleza de las estrellas, la calidez de un abrigado par de guantes... Luego, escribe un poema sencillo, de tres versos, de manera que, al leerlo, la gente pueda sentir lo que tú sientes. ¡Ahí tendrás tu haiku!

A continuación un avance de

LA CASA DEL ÁRBOL® #38
MISIÓN MERLÍN

Lunes con un genio loco

Jack y Annie continúan con otra maravillosa aventura llena de historia, magia y ¡un vuelo!

CAPÍTULO UNO

Viejos amigos

Jack vertió leche sobre los cereales. Tenía el estómago revuelto. Era lunes, el primer día de clases de un nuevo año.

Siempre se sentía así al inicio de cada curso escolar. ¿Cómo sería su maestra? ¿Su pupitre estaría cerca de la ventana? ¿Estarían sus compañeros del año anterior?

—¡Annie, apúrate! —gritó la madre de ambos desde la escalera—. Faltan quince minutos para las ocho. En media hora tienen que estar en la escuela.

El padre de Annie y Jack entró en la cocina.

—¿Estás seguro de que no quieren que los lleve en el auto? —preguntó.

—No, gracias. Iremos caminando —contestó Jack. La escuela quedaba a tres cuadras.

—¡Annie, *apúrate!* —gritó la madre otra vez—. ¡Van a llegar tarde!

La puerta de atrás se abrió de golpe y Annie entró corriendo. Le faltaba el aire.

—¡Ah, pensé que estabas arriba! —dijo la madre sorprendida—. ¿Saliste?

—¡Sí! —contestó Annie jadeando—. Fui a caminar un poco. —Y cuando miró a Jack, los ojos le brillaban—. ¡Jack, tenemos que irnos! *¡Ahora!*

—¡Bueno, ya voy! —contestó Jack, y se puso de pie. Sabía que su hermana no se refería a la escuela. "¡La casa del árbol debe de haber regresado! ¡Por fin!".

Jack agarró la mochila. Annie lo esperaba con la puerta abierta.

—¿No van a desayunar? —preguntó la madre.

—Estoy muy nervioso para comer, mamá —respondió Jack.

—Yo también —agregó Annie—. ¡Adiós, mamá! ¡Adiós, papá!

—Que se diviertan —dijo la madre.

—Aprendan mucho —agregó el padre.

—¡Lo haremos, no se preocupen! —comentó Annie.

Ambos salieron de la cocina y, rápidamente, atravesaron el patio.

—¡Regresó! —exclamó Annie.

—¡Lo imaginaba! —agregó Jack.

—Morgana debe de querer que busquemos otro secreto de la felicidad para Merlín —dijo Annie.

—¡Claro! ¡Corramos! —dijo Jack.

Cruzaron la calle y, a toda prisa, se internaron en el bosque de Frog Creek. Avanzaron corriendo por entre los árboles y las sombras, hasta que llegaron al roble más alto.

En la copa, estaba la casa mágica. La escalera colgante se balanceaba con el viento frío de la mañana.

—¿Cómo supiste que la casa había vuelto? —preguntó Jack, recobrando el aliento.

—Me desperté pensando en Teddy y Kathleen con un presentimiento extraño —explicó Annie.

—¿De verdad? —preguntó Jack—. ¡Teddy! ¡Kathleen! —gritó, mirando hacia arriba.

Dos adolescentes se asomaron a la ventana de la casa del árbol: un niño de sonrisa amplia, pecoso y de cabello rizado, y una niña sonriente, de ojos azul marino y cabello ondulado.

—¡Jack! ¡Annie! —dijo la niña en voz alta.

—¡Suban! ¡Suban! —gritó el niño.

Sin perder tiempo, Annie y Jack subieron por la escalera colgante. Entraron en la pequeña casa y abrazaron a sus amigos.

—¿Tenemos que ir a buscar otro secreto para Merlín? —preguntó Annie.

—Sí. Y esta vez, volverán a Italia. A la Florencia de hace quinientos años —explicó Teddy.

—¿Florencia, Italia? ¿Qué hay allí? —preguntó Jack.

—Una persona extraordinaria que los ayudará —agregó Kathleen.

—¿Quién? —preguntó Annie—. ¿Es mago?

—Algunas personas dicen que sí —respondió Teddy sonriendo. Metió la mano dentro de la capa y sacó un libro. En la tapa, se veía a un hombre de capa violeta y gorro azul. Tenía nariz larga, ojos tiernos y brillantes, cejas tupidas y barba larga. El título del libro decia:

—¡Leonardo da Vinci! —exclamó Jack—. ¿Es una broma?

—Oí hablar de él —dijo Annie—. ¡Fue un genio absoluto!

—Esta biografía de Leonardo les va a servir en esta misión —comentó Teddy.

—Y también este poema de Morgana —agregó Kathleen.

Sacó un trozo de papel de pergamino de la capa y se lo dio a Annie.

Ella leyó en voz alta:

Para Annie y Jack de Frog Creek:

Aunque la pregunta sea simple,
la respuesta simple, incorrecta puede ser.
Si la correcta desean conocer,
ayuden al genio todo el día;
en la mañana y el atardecer,
hasta que el pájaro cante su melodía,
a la hora del anochecer.

—Entonces, para encontrar el secreto de la felicidad, tenemos que pasar todo el día ayudando a Leonardo da Vinci —dijo Jack.

—Sí —respondió Kathleen. Teddy asintió con la cabeza.

—Ojalá ustedes pudieran venir —agregó Annie.

—Para ayudarnos a *nosotros* —comentó Jack.

—No teman —dijo Kathleen—. Tendrán la ayuda del gran genio y de la Vara de Dianthus.

—¡Ay! ¿Trajiste la vara, Jack? —preguntó Annie.

—Por supuesto —contestó él—. Siempre la llevo conmigo para que esté más segura. —Abrió la mochila y sacó una vara brillante color plata.

—La Vara de Dianthus —susurró Teddy.

La vara era parecida al cuerno de los unicornios. A Jack le quemaba en la mano, sólo que no sabía si era por frío o por calor. La volvió a guardar en la mochila.

—¿Recuerdan las tres reglas de la vara? —preguntó Kathleen.

—Claro —contestó Annie—. Sólo podemos usarla para el bien de los demás. Sólo podremos utilizarla una vez que hayamos intentado todo lo que esté a nuestro alcance. Y sólo funciona con una orden de *cinco* palabras.

—Excelente —dijo Kathleen

—Gracias —agregó Annie—. ¿Listo? —le preguntó a Jack.

—Sí —contestó él—. Adiós, Teddy. Adiós, Kathleen.

—Adiós —respondió Teddy.

—Y buena suerte —agregó Kathleen.

—¡Deseamos ir con Leonardo da Vinci! —dijo Jack señalando la tapa del libro.

A la distancia, se oyó el timbre de la escuela. Las clases iban a comenzar en diez minutos. Pero en el bosque de Frog Creek el viento había empezado a soplar.

La casa del árbol empezó a girar.

Más y más rápido cada vez.

Después, todo quedó en silencio.

Un silencio absoluto.

Mary Pope Osborne

Es autora de numerosas novelas, libros ilustra-
dos, colecciones de cuentos y libros de no ficción.
Su colección La casa del árbol ha sido traducida
a muchos idiomas en todo el mundo, y es amplia-
mente recomendada por padres, educadores y
niños. Estos libros permiten a los lectores más
jóvenes, el acceso a otras culturas y distintos períodos de la historia, así como también, el conocimiento del legado de cuentos y leyendas. Mary Pope
Osborne y su esposo, el escritor, Will Osborne,
autor de *Magic Tree House: The Musical*, viven
en Connecticut, con sus tres perros. La señora
Osborne es coautora de Magic Tree House®
Fact Trackers, con Will y su hermana, Natalie
Pope Boyce.

Sal Murdocca es reconocido por su sorprendente trabajo en la colección La casa del árbol. Ha escrito e ilustrado más de doscientos libros para niños, entre ellos, *Dancing Granny,* de Elizabeth Winthrop, *Double Trouble in Walla Walla,* de Andrew Clements y *Big Numbers,* de Edward Packard. El señor Murdocca enseñó narrativa e ilustración en el Parsons School of Design, en Nueva York. Es el libretista de una ópera para niños y de algunos cortometrajes. Sal Murdocca es un ávido corredor, excursionista y ciclista. Ha recorrido Europa en bicicleta y ha expuesto pinturas de estos viajes en numerosas muestras unipersonales. Vive y trabaja con su esposa Nancy en New City, en Nueva York.

Annie y Jack deben buscar el segundo secreto
de la felicidad para Merlín de manos de un
interesante artista en Florencia, Italia.

LA CASA DEL ÁRBOL #38
MISIÓN MERLÍN

Lunes con un genio loco

En la búsqueda del tercer secreto de la felicidad
para Merlín, Annie y Jack se enfrentan a un
temible monstruo marino.

LA CASA DEL ÁRBOL #39
MISIÓN MERLÍN

Día negro en el fondo del mar

La misión de Annie y de Jack es hallar, en
medio del frío de la Antártida, el último secreto
de la felicidad para salvar la vida de Merlín.

LA CASA DEL ÁRBOL #40

MISIÓN MERLÍN

EL regalo del pingüino emperador

Mary Pope Osborne